JN156232

木はどうなったか

大石陽次
Ohishi Yoji

青灯社

木はどうなったか

木はどうなったか

目次

Contents

雨

二〇〇四年八月一五日
朝
外は記録続きの炎熱のあと

雨が
東京を
しずかに濡らしている

人々を
しずかに冷やしている

すべての屋根を
叩き
すべての道路を
滑る雨

ぼくらが通り過ぎた街
駅舎
公園
役場
工場
商店
病院
書店
学校

東京の朝に雨が降る
この朝ぼくの詩は
雨の形式
絶望の形式ではない
ましてや希望の

雨がしずかに降っている

朝のコーヒー

地球のうえに
朝がきた
地球の裏側は夜だろう

というなにかやけっぱちな歌が
昔　戦争に向かうころ流行っていたと
ダカーポという雑誌にだれかが書いていた

台東区根岸三丁目も
いまは朝
地球の裏側は夜だろう

一本の光るスプーン
一杯の淹れたてのコーヒー

詩や死
新聞や集会には
あきあきしたよ

でも今日もいちにち
スケジュール表を歩かなきゃいけない

中央線と五日市線を乗り継ぎ
秋川渓谷の宿で
ある会のさよならの儀式があるのだ

別れるために
多くのひとたちが会いにくる
人間はやっかいな生き物だからそうする必要があるのさ

一本のスプーン
一杯のコーヒー

それで掻き混ぜ
それを飲む

さて……

秋の夜や甘し

コンビニで贖（あがな）えるは
はるばると肥後で蒸留せし芋焼酎
南アルプスで汲み
ペットボトルに詰めし天然水をば
とろとろと
注ぎかき混ぜ飲めば

夏の炎熱ははや
別れしおんなの
色あせしくちびるのごとく冷え
秋の夜や甘く親し

永遠の裸形（らぎょう）の溶け行く先や
酩酊の苦き逃げ水
円み帯び形よき夢追い求め

とろとろと
細き風の街をば吹きわたる

病跡学の本に書かれていなかった街

昨夜は
病跡学の本を読んだ
脱ぎ捨てられた他人の自我の上着が
からだにこびりつき
どうしてもとれない夢をみた
それで今朝
なにか自分のことばで書きたくなった

海
星
土
花

など
なんてことない
素材でいいだろう

鳥
などを加えてもいいな

てきとうな
ことばの布置でいいだろう

サキソフォンのゆうべ
ささくれた酒
さかだちのねむたい血

が

児童公園のベンチに
それぞれ
置物みたいに
並んで腰掛けている

水飲み場の
蛇口からしたたっている水
そのまるい表面張力に映っている
ジャングルジムのゆがんだ骨

を

のみこむ鳥たちの
喉をすべりおちる
秋のとうめいな空

救急車のサイレンの音が
遠くの街角を
悲鳴をあげて走っている

パリ

枯葉にくるまれて
ころがる風

ピガール広場でコーヒーを飲み
モンマルトルへと歩く

ベルリンからきた女と
東京からきた男が

風にくるまれて
冬にむかうさむい秋を

ふるびた恋唄を聞きに
腕をからめ坂をのぼっていく

フランス語入門にくるまれて
ながれるセーヌの唄は

永遠にとりそこねた単位
ふたたびこんぐらがった動詞活用

RとLの音韻が女の腕と太ももみたいに
年下の男のからだにからまり

大学にはいるまえ勤めてた東南アジアのある大使館の男を愛したときにね
黒猿とセックスするのかって同僚にさげすまれたのよ

シェリー酒にくるまれ
もつれる血のなか

オペラ座にちかい安ホテルで
はやまった生理の夕焼けみたいに

反転しめくれていく歓喜と時間のひだが
ふたりの肉のなかをはしっていった

梅花

きさらぎの
つめたくはりつめたそらと
みずいろのかぜに

ひとつ
ふたつ
みっつ
亀裂がうまれ

ちいさな王冠の欲望にかこまれた黄色の芯と
純白のかたくななな花弁の処女をひらき

老木の
黒くゆがんだ幹から
ぎこちなく差し出された枝の交叉に
凛と静まる花々

薄紅の
無言のはじける嬌態の花々を加え
さしだし

もうひとつ
となりの空に
またふたつ
となりの空に
またみっつ
となりの空に

しずかさの
無限を
蒼穹にひらき

春浅い光の渦潮巻く
リオンの床に
逸脱の喜びとめまいを秘め

幾千幾万の空に
咲き静まり咲き匂う
梅の木々
花々よ

いまだ書かれていないこと

書かれ印刷され綴じられた
四〇ページほどのけちな夜と昼
べつの言い方をすると
白い紙のうえのみじめな染みみたいなもの
みんなでぱらぱらとめくる
けっこうな金額を払わされたな
ちいさな沈黙と落ち着きのないいらだちが残った
苦いだけのコーヒーと汚れたコップのなかの水道水が
四つの胃袋に流し込まれた
さて行くとするか
われらが遊び半分の同人誌第一号は

ポケットやカバンにねじ込まれた
途中で落とすんじゃないよ　だれかが言うと
こんなもの　と吐き捨てるものがいた
が
こんなもののほかに
どこか遠くの過去やら未来　あるいは
魂の奥の奥に　完璧で
世界中が驚愕するようなものがあるのかどうか
二月の街は冷えに冷え
ビルの角をまわりこみ
日(し)こ当(あ)だね*裏町ばさるきまわり**
おなじみのドラマツルギー　の　すみっこの
昼間からやっている
もちろん居酒屋にしけこんだのさ
お湯割り芋焼酎二杯を呑みほし　さらに二杯

ホッピー一杯につづけて　さらに一杯
焼き鳥　唐揚げ　刺身盛り合わせ
オレは詩というものが大嫌いなんです
ああインタナショナル我らがもの
われらの渇きと欠乏はろれつがまわらない
ろれつは爆発寸前
小便をおえてゆらゆら克歩先生は席に帰ってくる
さしあたりこの居酒屋は出ようや
いつもの通り　新しい世界の幕開け
二軒目をめざす老齢の男三人と微妙齢の女一人
ＪＲ上野駅前のだだっぴろい陸橋（では
機械仕掛けの冬の一日は暮れ
宮沢賢治ふうのクレゾールの風も吹いておりまして
ビルの窓に夕焼けの断片もひかります）
四人の酔っ払いは

いまだ書かれていない夜と昼
いまだ印刷されず綴じられていない
うすっぺらのこんなもののほうに歩いて行ったのであった

*日こ当だね＝日の当たらない《津軽地方のことば》
**裏町ばさるきまわり＝裏町を（うろうろと）歩きまわり《福岡県八女地方のことば》

大問題

２０１２・１０・２５

鳥類研究所によると
全国的に雀の数が減っている
という報道があった

これは大問題
のはずだが
続報をどのマスコミも流さない

ぼくは雀が好きで
着たきり雀ということばも好き
名刺の肩書きにしたいと思うほどなのだが

来たきり雀が
行ったきり雀になっているとしたら
みんなで大騒ぎすべきだと思う

すずやかな目や　すずしい女が
行ったきりなのも大問題だけど
それは別に考えるとして

さしあたり雀が……

敗戦記念日

２０１３・８・１５

敗戦記念日の
今日は
なにか書いておくべきだろう
と　書きはじめたのだが
なにも格段のことは起きそうもない
連日猛暑つづき　というのは特筆すべきことかな

幻想の国家をめぐって
国家幻想の泥に塗(まみ)れて
アベやテレビ　週刊誌はあいかわらずアホ

ベランダは朝から
猛烈な太陽に焼かれているが
狭い日陰にしゃがみこんでジタンを吸う

パンツとTシャツ
首にタオルを巻き
戦闘中のパルチザンみたいにね

頭を上げると
植物の種子をぶらさげた純白の綿毛が
熱風にゆられてふわりふわり

下町の空の下　着地点なんかどこ吹く風
未来の子どもをぶらさげ
偶然と必然から　完璧に解脱した風情で流れている

お茶でもどうぞ

ヴィトゲンシュタインの犬が
行方不明
どこに行ったか知らないか?
赤城山の麓に住む詩人からの質問に
こちらでは見かけないよ
そう答えて電話を切った
やれやれ
大天才の道眼いまだ明らかならず
台所でお湯を沸かし
ふるさとの八女茶を湯飲みに注いだ
自分に向かって
お茶でもどうぞ

一杯で天地開闢
二杯目をひっくりかえして天変地異
大洪水
ノアの方舟（はこぶね）を用意しろ
乗れる者だけが乗っていけ
じゃなかった
布巾（ふきん）はどこにいった
そういえば
このまえいただいたジタンはうまかった
ちびりちびりと吸ってるよ
と詩人は言っていたな
こんどはワンカートンをどかんと
八女茶でも添えて送ってやろうかな
翻訳された文庫本のなかの
行方不明の犬といっしょに

どこまで行くんだ

ベランダに椅子を持ち出し
朝一番のタバコをふかす
昨夜のながくはげしかった秋雨が
太平洋上に抜けて
空気がやわらかい

小春日和のひかりが
ななめにさしこみ
高いところには
いく筋もの雲が流れる

おうい雲よ　どこまでゆくんだ*
みたいな空を
二基の羽根を前後に付け　水平に回転させて進む芋虫が
南東（房総方面）から北西（入間方面）に
まっすぐ　ぶるんぶるんと
腹にこたえる音立てて飛んでいく
国家というものが飛んでいるわけだ

毎日毎日
朝の九時と夕方の五時
判で押したように
ぶるんぶるん　ぶるんぶるん

こちらでは
判を押すことも　判で押されることも
間遠くなった男が
ベランダに椅子を持ち出し

ぷかりぷかり　ぷかりぷかり

＊おうい雲よ
いういうと
馬鹿にのんきさうぢやないか
どこまでゆくんだ
ずつと磐城平（いはきたひら）の方までゆくんか
（山村暮鳥）

詩人

わたしはいまカメラをいじっているが
かれははるか遠くで詩を書いている

何冊目かの詩集を送ってきたのだが
ことばでできた光や風や人の配置などが書いてある

縁側や散歩道から見える花や山
U字溝を走る水　を　のぞきこんでる少年

カリフォルニアン・ポピー　睡蓮
退職した初めての夏　行方知れずの静寂なども

ことばは世界の音符だから
かれはかれの世界と世界のかれを奏でているのだ

時間とは踊り流れ去る水のこと
太陽は宇宙をまたぐことはできないってことさ

赤城の山は紅葉の時節
虚空は仏の母胎として　脈打っているだろうか

カラスの会話

市ヶ谷の防衛省近くの住宅地から
十一体もの縄文時代の人骨が見つかった
三体ずつは男女の判別ができたという
土器約三十点、竪穴住居跡もみつかっており
この台地上に集落があったとみられる*

日本などという余計な概念ができあがる以前の
われらが先達にかんするこんな記事を
台所のテーブルでコーヒーを飲みながら読んだ

安岡章太郎さんという作家が九二歳で亡くなった

という記事を読んだのはきのうの朝だ
「一番苦手なのは学校と軍隊と病院。なまけものに徹するのは難しい。生涯の課題だな」
と語っていたとあるのをここに書き写す**

なるほど
日本にもこういう立派なことをいう人がいたのだから
まったく捨てたものでもない

耳を澄ますとカラスが二羽
近いところと遠いところで何かを
話しあっている

その断片はというと
投票で世界の善し悪しが決まるわけでもないだろう

てめえは変わらないで教育やら憲法やらを根本的に変えるたあ
どういう了見だ
とかなんとか
大丸食堂と手児奈せんべいの屋根越しに
大声でどなりあっているのだからびっくりした

＊朝日新聞２０１３・１・３１ 朝刊
＊＊同紙２０１３・１・３０ 朝刊

福冨しゃん、ありがとう

ピンポーン
ヤマト宅急便でーす

しょうが
にんじん
ごぼう
さつまいも
じゃがいも
里芋
大根
ラディッシュ

ピーマン
かぼす
かみさんが
いそいそ
巨大なダンボール箱をあける

新聞紙にくるまれたものをとりだし
開いていくと
土くれの匂いと
それぞれの野菜たちの野生の香りが
ダイニングルームにたちこめる

百坪の自家菜園だと手紙には書いてあるから
大地主だ

週末になると
福冨しゃんは車の助手席に乗り込む
奥さんやときには娘さんがハンドルを握り
福津市の自宅からふるさと小郡の菜園に向かう
高速で一時間とちょっとはかかるかな
福冨しゃんはどうして運転しないのか
というと
かれは詩人だからなのだ

車から降りると
福冨しゃん夫妻は格好からして百姓（百の仕事をやる人）になる

雑草を引き抜き
耕し　肥料をやり
種を一列に蒔いたり

たねいもを植え込んだり
それからどんなたのしい労働をやるのか
いきなり収穫とはいかないはずで
なにせぼくは東京に出て半世紀も経ち
くわしく描写できない

八百屋の店先みたいに
ダイニングルームに広げられた
いろんな形と色をした贅沢な野菜たちに感嘆するばかりだ

太陽は青色の耳納（みのう）山地の東端からのぼり
筑後平野をぽかぽか照らしている
春にはあげひばりも垂直に上昇し下降し楽しそうに鳴いている
秋にはヒヨドリの群も里におりてきてピーピーやかましか
ぴかぴか光っている筑後川

そっちからおいしい風も吹いてくる
野菜たちはゆさゆさ揺れて
モグラの通り道の脇でさつまいももどっさり実っている
柿の実も黄金にかがやく
福冨しゃん夫妻は畑の中の二つの点景
すべてはなつかしいまま
すべては遠ざかりちかづき
それから日はぎいと
背振(せぶり)山地のほうに傾き
空はまっ赤に夕焼けるのだ

東京の下町
マンション侘び住まいのぼくら夫婦はといえば
野菜といっしょに梱包されてきた
土と木と太陽と風でできた

福富しゃん（か奥さん）手作りの干し柿をむしゃむしゃ食べる
博多うまかもんと何種類かの甘いお菓子にも
かじりつく

夕食は豪華そのもの
ラディッシュやピーマン細切りのサラダ
赤と白のさつまいもと家にあったリンゴの砂糖煮
にんじん、ごぼう、里芋などのはいった筑前煮
焼酎にカボスをたらしてね
ふるさとと旧友の味を堪能しました

「飯は天国だ」
と韓国の現代詩人は歌いました
ほんとうにありがとうございました
奥様にもよろしくお伝えください

冬の花祭り

（一九歳の冬に自死した兄・昭夫さん、父母に）

両手の指で小さくかがやき
したたるもの
両足の指で小さくかがやき
したたるもの

あたま　かお　ひたい　みみ
め　はな　くち　あご
くび　かた　むね　はら　へそ　せいき
せ　しり　ふともも　ひざ

ひとの生と死のかたちを伝い
満ちわたり照らすもの

花祭りの甘茶のように
なつかしく地上に散らばるもの

労苦と汚れのなかの万華鏡
希望や傷痕のなかの水中花

彼岸過ぎまで

（今年三月二八日に亡くなった弟・英二に。　２０１２・１０・１５）

仏が悟りを開いたとき
宇宙ぜんたいが悟りを開いた
知恵の完成が毀(こわ)れ　終わった

ここには
得るべきものなし
失うべきものなし
すべてが
失われ

すべてが
帰ってくる

蝶

草

雲

花

木

鳥

地

風

空
の両手に抱えられた
不忍池の蓮の花萼（かがく）は枯れつくし

澄みわたるひかりのなかだ
円形にならんで鎮座していたいくつもの実が
風にゆられ
ぽろりぽろりと落ちていく

いま　季節は
仏と宇宙からはみだして　秋である

ランボーの行方

Le 11 novembre 2012, à Tokyo.

ぼくだって忙しいのである
何に忙しいかというと
何もしないことに忙しい

(忙という漢字は
心と亡
という二つの文字を組み合わせてできているが)

何もしないことに心を亡くす
ためには

それなりの技法と練習が必要なんだ

Je dis qu'il faut être *voyant*, se faire *voyant*.

見者であること、見者になることが必要だ、とぼくは言っているのです。

Le Poète se fait *voyant* par un long, immense et raisonné *dérèglement* de *tous les sens*.*

詩人は、あらゆる感覚の長く際限のない理詰めの錯乱によって、見者となるのです。

ぼくの技法は違う
何もしないことに心を亡くすために
何もしない

ぼくは年金のでっぱりみたいなベランダに出て
しきりにタバコをふかす
冬のはじっこに吊された灰色の空をながめる

（ランボーはどこにいるか　って？
ジャワのバタビアまで　傭兵として出かけたりしていたが
いまは紅海に面した港町アデンで　仕事の手を休め　海と太陽を見ている）

Elle est retrouvée !　　また見つかった！
Quoi ? l'éternité.　　なにが？　永遠が。
C'est la mer mêlée　　それは溶け合わされた海
　Au soleil.＊＊　　太陽に。

＊一八七一年五月一五日付、アルチュール・ランボーから
ポール・ドムニー宛の手紙
＊＊ランボー「永遠　L'ÉTERNITÉ」一八七二年五月

番号を仮に付し、歩きはじめたことば

（２０１２・７・１〜２０１３・２・２）

1

いろんなことがあるけれども
好きなことから書きはじめないとね

たとえば
木から
木を吹いている風とか
枝をゆすっている鳥たちのことなども

好きになったうえで
ゆっくり考えないといけない

それらの
音
温度
高さ
量
向き
速度

木のことを考えるのなら
そのはるか上の
雲
太陽

月
星々

その不定形や円形の歩み
などについても学ばねば

2

木の根から幹や枝や葉っぱを登っていく水
光合成やら空に昇っていく湯気なんかについても
鳥は鳥を飛び
木は木を立つ

鳥は木を飛び
木は鳥を立つ

鳥は木を立ち
木は鳥を飛ぶ

などと
文法で決まっている単語の順序も
入れ替えてみたりして考えないと

3

水については
書き忘れないように急いでつけ加えておこう

テレビで見たロム（ジプシー）のおばあさんのことばだ

おばあさんはブダペスト郊外の広い空の下の峠道で
家財一式を積んだ荷車の引き手に腰掛け　骨太い手を広げ　ゆうぜんと語った
まるまると肥った体軀　日に焼けた彫りの深い顔　波打つ白髪

水は一か所に留まると腐っちまうじゃないか
人間も同じこと
だからわたしらは大地の果てまで流れていくのさ

海辺の岩のように皺立ったまぶた　その奥に黒く海のように光っている瞳
その濡れた眼球に白雲が流れているようなおばあさんは
遠くの果てもない地平線を見ているようだった

テレビの話題と画面が変わり　ＣＭがはじまると

ぼくは急いで突っかけを履き　フランスの煙草「ジタン」を買いに行った
マッチも買い求め　街角で火をつけ　深々と煙を吸い込んだのだった

4

そういえば
海から湧き上がる霧の深い夜　マッチで祖国に火をつけた男がいた*
雪の降りしきる夜　祖国とはいたいけな愛娘のことだ　と書いた男もいた**
かれらはいま　どこを歩いているのか
青春の後ろ姿を　人はみな　忘れてしまう***　か
だが　ぼくはいま　好きになることからはじめたのだから
さしあたり木や水や鳥や地平線などの見えるところに歩いていくべきだろう

5

木は好きだな
木はなぜあんなに偉く見えるのだろうか

木は急いでいないし
歩いたりもしないからだろうか

木はなぜ歩かないのか　考えなければ
木が木になったころ
歩こうと思えば歩けたのではないか　ということも

幹や枝に鋭いトゲトゲをいっぱい付けて
動物が囓ったり登ってきたり鳥がうるさく枝を摑んだりするのを
防いでいる木がある

だから木だって　嫌なものは嫌だなと思い　そうしてきたのだ
たぶん木は歩いたりしたくなかったのだ
根を足にして　枝を腕にして　歩こうと思えば歩いたはずだけど
それとも　木は歩いている　と言っていいのだろうか
木は幹と枝で空の方に　根で地の方に　歩いている　と
木に聞いてみたら分かるはずだが
木はことばなど余計なものをもっていないから　黙って立っている

6

木は急がない

木は歩む
輝く太陽の周りを

木は年輪そのものなのだから
年輪を歩む
太陽や地球とともに円環そのものを歩むのだ

もっと正確に言えば
ぼくらが忘れ去ったあの宇宙の円環とのはるかなる照応において木は歩む
木は時そのものだから　時が歩く必要がないように　歩かない

ぼくは木のほうに歩いていく
すると木も　歩いてくる
立ち止まると
地上にあるもの

草や花や種子や果実がぼくらのもとに戻ってくる
空にあるもの
鳥や雲や太陽や月や星々も戻ってくる
木も　季節とたわむれて歩いている

7

炎熱のペテルブルグ
アパートの階段を上りきると
屋根裏の
戸棚みたいな部屋
悪夢に
けぶっている血

階下では
サモワールから湯気がのぼっている
女家主の台所はしずかだ

木はどうなったか
木は
象のように優雅で
犀のように孤独
草や花や種子や果実
鳥や雲や太陽や月や星々を引き連れて
満ち足りている

あれから風が吹き
雨が降り　日が照って
雪も東京ではめずらしく横なぐり

冬の寒さもまだまだ底を打っていないけれど
木はあいかわらず黙って立っている

さしあたりこれだけの結論でいいだろう
木から学び
木に負けないくらい堂々としたものになれるのは
いずれにしろ
病院のベッドで横になり
点滴の管に繋がれて死をむかえるときだろう

*寺山修司『寺山修司歌集』
**つかこうへい『娘に語る祖国』
***荒井由実「あの日にかえりたい」
JASRAC 出 1805003-801

朝五時に発見した弘子

朝五時　まだ暗い病院のベッドから抜け出し
廊下の奥の自動販売機にコインを入れる
マンデリンコーヒーを啜る

弘子はどこへ行ってしまったのか
取り残されたぼくは何をしたらいい？

だれもいない長椅子の端に腰かけ
こみあげてくる悲しみに耐えていると

目の前の汚れた壁の向こうに
弘子は不生不滅の相を得て微笑んでいる

自宅の台所で背中を向けて朝餉を用意していた弘子
ぼくはおはようと言ってみる
弘子は答えず遠ざかりうすれていく

コーヒーを飲み干し
ぼくは仕方なく椅子を立つ
病室の灯をつけてまわっている看護婦さんにおはようと挨拶し
ベッドに戻る

病室の窓から

弘子が死んだのにかがやく朝の太陽
二月の空はどこまでも青い
小さな鳥が
投げられた石のように窓をよぎる

どこに帰る？

はい　上を向いてアイザワさん
そっちは天井じゃないでしょ！
と　看護婦がいらついている

アイザワさんはとなりのベッド
カーテンの向こうなので
ここからはどっちを向いているのかわからない

医者が来て
あさっては退院だな　家に帰ろう　というと

看護婦も　かえろー　と唱和する
アイザワさんもうれしそうに　カエロー　とつづく

カーテンのこちら側のわたしは
上を向くこともでき　天井の認知もあるが
カエロー　と心の中で唱和しても
出迎えてくれるひとがいない以上
帰っていける先はそこなしの空虚だ

アイザワさんより根源的な方向認知症のわたしは
いまどこにいて
これからどこに帰ったらいい？

遠くで

弘子が行った先
のことを
ぼんやりと考えていたら
耳の奥の奥
宇宙のようにはるか遠くで
小さなめまいがした

あとがき

わたしが脳梗塞で病院に入院しているとき、妻が心臓破裂のためにたったひとり自宅で死亡した。二〇一七年二月一〇日のことだ。わたしにも妻にも何の前触れもない突然のできごとだった。病院の外出許可をもらって葬儀をしたわたしは、退院しても悲しみに打ちひしがれ、生きていく意味を失った。みぞれ降る寒空の下、寒さにふるえながら上野の街をさまよったこともあった。

息子たちとその家族、友人たちの慰めと励ましだけが頼りだった。

あれから一年が過ぎようとしている。自分では、悲しみと喪失感をなんとか耐え抜くことができたのではないか、という気がしている。何一つやる気がなくなっていたのに、こうして詩集なぞを出そうというのだから。この十年ばかりのあいだ、ぽつりぽつりと書いてきたものを、まとめて一冊の詩集にし、いろいろ不都合なことを書いている作品もあるけれども、亡き妻に読んでもらいたい、という気をおこしたのである。

この詩集を、愛する弘子に捧げる

二〇一八年　春

大石陽次

木はどうなったか

著者　大石陽次
発行者　辻一三
発行所　青灯社
〒一六〇—〇〇二二 東京都新宿区新宿一—四—一三
電話 〇三—五三六八—六九二三（編集）
〇三—五三六八—六五五〇（販売）
URL: http://www.seitosha-p.co.jp
振替 〇〇一二〇—八—二六〇八五六
図書設計　西俊章
印刷・製本　シナノ書籍印刷
発行日　二〇一八年六月三〇日

ISBN978-4-86228-102-9 C0095